귀 없는 토끼에 관한 소수 의견

귀 없는 토끼에 관한 소수 의견

김성대 시집

민음의 시 170

민음사

## 自序

이미 일어난 일에 대한 예감처럼. 조금씩 모호해지는 세계에서. 겨울이 먼저 와 있는 그것은 하나의 장소. 너무 많이는 감추지 않기 위해서. 텅 빈 심야 극장. 무감각한 유원지. 이물스러운 서울의 끝방. 여관의 빈 서랍 같은 거기에서. 조금은 너의 목소리가 섞였지. 너에게서 네가 아닌 것.

열쇠를 돌리면 방은 고요해지고. 무엇을 향하지 않는 동작선. 하나로 연결해 보면 개연성이 없는. 장소를 지우는 행위들.

재채기처럼 떠돌고 있는 알람. 나의 윤곽을 드러내는. 오후의 느린 해부. 한 컷 한 컷 망설이는 얼굴로. 너에게 묻고 있는 것이지.

그런데 너 거기 있는 거야? 지금 듣고 있어?


2010년 겨울
김성대

# 차례

2부  마임의 방

1부

둘째 주에 온 사람

## 둘째 주에 온 사람

그는 슬로 모션으로 왔다
토끼 몇 마리가 그의 고독 주위를 천천히 돌고 있었다

둘째 주에 온 사람
그는 너무 천천히 왔기에
그가 오고 있는 게 아니라
시간이 조금씩 그를 옮기는 것처럼 보였다
그에게 감기는 시간은
벽화 속을 걷는 것처럼
그의 등 뒤에서 다시 흘렀다

둘째 주는 토끼몰이로 시작되었다
슬로 모션으로 도는 토끼들은 쉽게 몰아졌지만
너무 느리게 돌고 있었기에 우리는 계속 빨랐다
토끼와 함께 토끼 사이에서 우리는
그의 고독 주위를 빙빙 돌아야 했다
멀리서 보면 그의 고독을 숭배하는 것처럼 보였을 것이다

고독의 신도들처럼 둘째 주가 되면

우리는 그를 둘러싸고 그의 고독을 돌았다
그의 고독은 자성을 띠게 되었고
토끼의 귀 모양만으로도 둘째 주가 되었다는 것을 알 수
있었다

다시 올 건가요?
둘째 주가 지날 때마다 묻곤 했지만
떠날 때도 올 때와 같이 슬로 모션이었기에
우리는 그가 떠나는지도 몰랐다
그는 떠나지도 돌아오지도 않는데
그는 여전히 느렸고 우리는 계속 빨랐기 때문에
그가 떠나고 돌아오는 것처럼 보였는지도 모른다
떠나고 돌아오는 것은 우리였는지도

그의 고독에 감기는 시간
아주 느린 토끼들
그는 한 사람이 아닐지도
그의 고독은 하나가 아닐지도 모른다
둘째 주에 온 사람

아무리 천천히 와도 그가 누구인지 알 수 없었고

벽화 속을 사는 것처럼

둘째 주가 되면 우리는 상세해졌다

# 귀 없는 토끼에 관한 소수 의견

함구
함구는 조금씩 우리를 달리게 하는지도 모른다
함구는 조금씩 바깥에서 깊어진다
여기는 속 없는 굴속 같군
보이지 않는 곳에서 바깥을 모으는
굴은 지상으로 입을 벌리고
토끼는 반시계 방향으로 굴을 오른다
빨간 눈은 데굴데굴, 먼저 굴러가 있다
있는 힘껏 자기 자신으로부터 멀리뛰기
토끼는 자신의 눈을 보면서 달리는 것이다
자신을 함구하는 빨간 눈이 토끼의 공률이다

아버지랠리
공률 제로의 아버지는 서식지를 오염시키지 않는다
청정 지역이 되어 버린 아버지
일제히 눈을 켜고 빨간 눈을 따라간다
뒤에서 보면 무릎을 공회전하고 있다
이 눈을 좀 꺼 줘
자꾸 늘어나는 눈을 끄고 싶다지만

제로에 제로의 공률을 가속해 천문학적 사십 세에 이른다
반시계 방향의 급커브를 꺾어져서야
오래 비워 두었던 눈을 한번 감아 보는 것이다
다시 빨간 눈이 들어오고 있다
아버지는 한밤중에 그 눈을 따라간다


아랍인 투수 느씸
느씸은 공을 쥐지 않고 던진다
긴 손금으로 공에 대해 기도하고
시간 속에 공을 놓는다
공은 한없이 느리지만 시간의 결을 타고
반시계 방향으로 공회전하기 때문에
아무리 정확한 타자라도 맞출 수 없다
공에 대한 기도가 시간을 휘는 것이다
그러나 공을 받을 사람은 없고
느씸은 자신이 던진 공을 노려보느라 눈이 충혈된다
공은 젖어 가고 느씸의 눈은 폭발하고
빨간 눈이 흩어지고 흩어진 눈들이 느씸을 바라보고 있다
그가 던진 공은 눈먼 그만이 받을 수 있다

## 납굴증

밤의 소리들이 만질 수 없는 귀를 음각한다

귀 가득 무엇이 이리 무거울까

귀가 뜨거워질 때까지

언제까지 이러고 있어야 하는지

귀는 말라 가고 우는토끼,

몸 안을 반시계 방향으로 돌고 있다

몸을 얻고 나서 몸 밖으로 나오기가 어려워진

이 밤은 누군가의 눈 속 같군

눈알이 염주가 될 때까지

이 밤을 모으고 있는 눈은 누구의 것인지

우는토끼 속의 우는토끼

돌아보는 눈까지 멈추고

한 벌 귀로 남은 밤


## 미결

이것은 관점의 문제가 아니다

긴 귀,

피가 미치지 않을 만큼 긴 귀가 결론을 뒤집지는 못했다

눈알을 반시계 방향으로 굴리며
관점을 덜어 내고 있는
그들의 정신만큼 안전한 곳은 없다
없는 귀 가득 명료한 결론들
정신은 없는 귀에 순응하는 것이다
귀가 좁아졌기 때문은 아닐까요?
끊임없이 자신을 듣는 귀 안쪽이 비리다
이름이 너무 길거나 붙일 수 없거나
귀의 기억만으로 그들은 자신을 기를 수 있는 것이다
귀가 없다면 계속 지켜봐야겠지만
눈이 없다면 계속 귀 기울여야겠지만

# 사자와 형제들

오후 4시의 나는 자꾸 형제가 되는 것이다

사자는 모두 암사자
사자는 모두 다섯 마리

동남아의 소년들은 왜 내게 형제라고 하는지
애들아, 나도 밥은 차릴 줄 몰라
오후 4시의 냉장고에 뭐가 있는지 몰라
저 사자, 사자들 좀 데려다 4시 밖으로 몰아 줄래

사자는 모두 암사자
사자는 모두……?

한눈에 들어오지 않는
너희는 몇 시를 착시하고 있는 거니
말을 할 때마다 숫자가 늘고 주는
나는 모래알처럼 눈이 나빠지는데

*큰 불알 작은 불알 큰 불알 작은 불알*

*마음은 됐고 몸은 함께해*

알아들을 수 없는 노래를 하며
형제가 형제를 출몰하는
형제가 형제를 꿰매는
그거 너희 몸 맞니
너희의 오감을 나눠 담은
오후 4시는 사자보다 늘어지는데

얘들아, 함께 도시락을 싸자
도시락을 싸서 도시락을 미끼로 형제를 놓고 오자
이것은 꿈이 아니라고 고백하는
형제들에게 생애라는 먹이를 주자

*큰 불알 작은 불알 큰 불알 작은 불알*
*마음은 됐고 몸은 함께해*

너희는 누구의 응급한 욕망을 다니는지
너희의 가장 축축한 곳에서

나, 라는 것에 들린 나, 라는 것들이
사납고 응급하게 사자를 뭉정하는데
그것이 몇 마리인지는 세어 보지 않도록 하자
우리가 느는지 주는지 말할 수 없다고 해 두자

사자는 모두 암사자
사자는 얼굴에 묻은 피를 어떻게 닦나
눈알이 무거워지는 먹이를 어떻게 호리나

사자가 시작되는 곳에서
얘들아, 사자가 시작되기 직전에 우리 통째로 마주치자
몇 번을 태어나도 좋지만
우리 계속 하나가 되지는 않은 채
누군가의 생애에서 먼저 이빨 자국을 남기는 미래로
오후 4시의 형제들을 돌려 막자

# 우주선의 추억

1
우리는 지구에 너무 늦게 남았다
대기를 떠다니는 음성들
열대의 겨울숲은 아무것도 사라지게 하지 않는다
우리의 과오와 우리의 외마디를 계속 들어야 하지
우리가 처음 만났던 백미러 안의 소음
끊임없는 통화음과 부재음
모든 것이 리플레이되고 있다
곤충의 눈알 같은 열대의 눈을 맞으며
서로를 되비추고 있을 뿐
우리 자신에게 착지할 수 없지
인간이 불필요한 지구에서
너무 늦게 남은 우리는
신의 망설임을 느낀다
이 모든 게 우연이었으면

2
우리는 지구를 너무 늦게 떠났다
가게에 가다가 기차를 탄 것처럼

한 번도 살아 본 적 없는 과거를 향해 날아가기 시작했지
지루한 우주 영화 수천 편이 반복되는 것처럼
우주는 고요하고 기시감조차 없는 과거들
하나의 우연조차 바뀌지 않았지
누군가의 까만 눈 속 같은 거기에서
우리는 끝없이 낙하하고 있었던 것 같다
지금의 몸을 싣기 위해서
우리의 속도는 역시 미미해야 했지
누군가 지구의 알람 소리가 생각나느냐고 물었을 때
　우리는 언젠가 눈을 가리고 우주를 떠돌던 일들이 모두
기억났다


3
우리는 떠나면서 숲의 등불을 바라보았다
우리의 우주선이 숲에서 멀어져
등불이 겨우 보일 때까지
멀어지고 멀어져
등불이 겨우 보이는 곳에서

우리는 가물거리는 등불 아래를
네발로 걷는 인간을 보았다
오래도록 차가운 중력에 길들여진
우주선의 우리와 같은

여기도 지구였다


4

아직 여기가 보이는지 모르겠군⋯ 거기서 본 여기는 어
떻던가⋯ 어느 계절일지 알 수 없는⋯⋯ 열대의 눈이 내
리고 있네⋯ 고요한 결빙⋯⋯⋯ 얼음을 딛고 날아간 새
들은⋯ 지상으로 내려오지 않네⋯⋯ 기나긴 결빙을 지
나⋯⋯ 결빙의 순간들을⋯⋯ 나누고 나누면⋯⋯ 여기가
바다였다는 걸⋯ 알기나 할까⋯⋯ 자네의 머나먼 복귀 또
한⋯⋯ 어쩔 수 없이 빈약한⋯ 재구성이겠지⋯⋯ 실종이
라고⋯ 단정 짓지 말게⋯⋯⋯ 공기가 얼어 가는 소리⋯⋯
지상의 마지막 데시벨일지도 모르겠네⋯⋯⋯ 자네가 거
기⋯⋯ 없더라도 괜찮네⋯⋯⋯ 전할 말이⋯⋯⋯

## 또 한 번의 전쟁

　당신의 경례가 우리를 넘어 당신의 나라를 지나 당신의
등에 닿을 때
　이곳은 또 한 번의 전쟁을
　당신은 어느 국적의 부상자인가
　말이 통하지 않아 경례에 부치는 당신

　오늘은 달 같은 이곳이어서
　달의 중력으로 또 한 번의 전쟁을
　달이 불렀다는 걸 잊고 우리는 행진을 시작한다
　이곳을 사랑했으니까

　낙하산이 떨어지는 들판과는 먼
　우리는 우리의 수신호
　무릎을 꿇고 목뒤로 깍지를 끼고
　이곳을 겨누어 달라는

　착과 오, 예외 없는 불규칙으로
　얼마나 많은 자세들이 우리를 겨누었나
　사정거리가 닿지 않는 오늘 한낮은 맑은 포성

그 위를 나는 새들은 뜨거워졌을 것이다
곧 뜨거운 비가 내릴 것이다
불발의 눈으로
자신을 빗나가는

전쟁은 또 한 번의 절정인데
당신의 부상이 아쉽군
당신의 참전이 아쉬워

당신이 없는 전쟁
당신은 자유롭게 경례에 부치고 만국기의 나라로 돌아
간다
우리는 부동자세로 경례를 받는다
빗나간 중력 그대로

*우리가 무릎을 꿇었던 자리에 여학교가 세워지고 우리
의 식은 목덜미 뒤로 첫 수업을 알리는 종이 울리고 재잘
거림을 멈추는 여학생들의 창밖에서*

# 묘지들의 섬
— 하멜에게

더운 꿈으로 몸을 말리며 나는 자고 있어. 몸 안의 상승 기류. 그 열들이 내 몸을 비추는 것 같다. 내 안의 도시. 내 안의 건물. 묘지들의 섬. 여객기의 창인 듯 한없이 바라봐. 점점 나를 모르겠어. 몸을 나갈 수 있는 곳. 햇살을 모으고 있다 편에 꽂힌 꿈으로 가늘게 떨 수 있는 곳. 어디가 날개인 줄 알았다면 새는 날 수 있었을까. 가로수들은 좀 추상적이었으면 해.

하멜. 잠든 사이 방 안에 온통 입김이 서려. 시간을 더 무겁게 만드는 것 같다. 우리가 도착한 방들은 밤이 되곤 했잖아. 아프기 전에 헛것이려는 것. 물집은 몸을 나온 것일까 바깥에서 온 것일까. 몸을 나가 본 지 오래되었어.

어디일까. 아무도 정지해 있지 않는 너는. 늘 흐리지만 쏟아지지 않는 거기는. 지금에 와서 생각해 보곤 해. 귀가 마르는 말들. 우리는 그것을 무슨, 약처럼 삼켰었잖아. 그것이 단지 하나의 믿음일 뿐이었다는 것을 네가 언제 알게 되었는지는 모른다. 모든 믿음을 버렸을 때라고 짐작할 뿐. 이런 두통들은 나를 잠시 너이게 해.

하멜. 봄에는 믿으려고 해. 나는 이제 아침을 먹는다. 바닥에 발을 내려놓기 위해 그림자를 무겁게 한다. 나는 내가 모르는 사람이 되었지만. 자신이 누군 줄 안다면 이 세계에 남을 수 있을까. 어딘가에 떨어뜨리고 온 머리카락 같은 거. 머리카락의 울음을 자신의 울음인 줄 아는 거. 봄에는 겨울에 있다 하고 밤에는 낮에 있어.

하멜. 잠 속으로 연기 들어오고 자꾸만 누군가 죽는 꿈을 꾼다. 그들을 오래 살린다고 생각하지만. 머리맡에 동물을 놓는다면 다시 희미해지겠지. 유령이란 못다 끝낸 일 같은 거라는데. 혼자일 때의 오독들. 어느 날 자신의 일기를 보고 놀라는 것이겠지. 말하는 곳은 여기지만 닿는 곳은 여기가 아닐지도 모른다. 거울에 없는 곳. 네가 나를 떠올리지 않는다면 나는 깨어날 수 없겠지.

## 1950년의 창고

아이들이 벽돌을 옮긴다

새들은 10시를 날고

1950년의 트럭이 도착한다

1950년의 비가 내리고

몇십 년 후의 창문이 흔들린다

젖은 벽돌 더미에서 아이들이

몇십 년 후의 테니스공을 던지고 있다

몇십 년 후의 줄넘기가 1950년을 넘고 있다

10시의 그늘을 드리우는 나무들

몇십 년 후의 가지가 1950년의 잎을 흔들고 있다

아이들이 벽돌을 쌓는다

몇십 년 후의 벽돌이 1950년의 창고를 완성하고

1950년의 창고 안에서 몇십 년 후의 창고가 사라진다

새들이 날아간 10시들

지상으로 몇십 년 후의 진흙 발자국이 찍힌다

몇십 년 후의 비가 내리고

몇십 년 후의 페달을 밟던

아이들이 1950년으로 숨는다

1950년의 창고에 10시들이 도착한다

## 애완의 시절

말이라는 감염
알타이, 우리는 배울 수 없는 것을 배우고 있다
혀를 더듬는 일이 전부라서
몇 번이나 그것을 벗어나고 있지
얇은 얼음을 마주 보고 미끄러지는 듯한
우리의 공용어란 그것뿐
혀의 두께를 오가는 동안
이가 처음 날 때처럼 혀가 가려웠던 거다
입속에서 불완전 연소하는 말들
알타이, 우리는 배울 수 없는 것을 배우고 있어

희귀한 장난감
누구의 손에도 길러지지 않았다고
너는 반드시 버림받은 것처럼 말했다
긴 여름날을 땀 한 방울 없이
그들이 너를 둘러싸고 껌을 씹었다고
눈앞에서 듣는 어떤 욕설로도
자신이 어떤 모습일지 상상이 안 되었다고
입술을 핥으며 태생을 숨길 수 있게 되었다고

잘 안 듣는 감정을 넣고 흔들어 보던 얼굴
몸 없이 남은 관성으로
어느 날 너는 매우 희귀해졌지

새라는 그림자
그 새를 소개시켜 줘
날지 못하는 새는 그림자가 달라붙는다는데
최저 야생을 갖는 것이 불가능하다면
그 새의 안방이 될게
종아리에 새를 그려 넣고
그 새의 수단이 될게

그림자를 엎지른 그날
긴 시간 발효되던 새를 멀리할 수 없었지
모르는 새 모르는 새
무엇이 무거워졌는지
모르는 새의 그림자가 눈 속에 살기 시작한 것

그것을 무엇이라 부를지 몰라서

엎지르고 다시 엎질러 보고

물방울의 방
물방울에 뜬 무지개, 무지개는
무슨 색을 수정하려는 걸까
물방울이 모이자 기시감이 된다
욕조에서 보내오는 조난 신호들
새벽 타인의 물소리 같은 것
물방울이 물방울을 가라앉히듯
들리지 않는 혈액으로 타일 바닥에 누운
나를 어떻게 수정할까
숨을 참으면 떠오르지 않을 물방울, 물방울
누군가에게 들리지 않는 오랫동안
나는 증발되고 있을 것이다

늙은 거북의 10시
하던 대로라면 이제 울 시간
10시의 거북은 거의
거의 알을 낳듯 울음을 쏟는다

언제까지 이래야 하는 건지
천적들은 모두 어디로 갔는지
거북은 10시의 빙판 위를 횡단한다
나의 늙은 거북에 냉정한 10시는
천적을 돌려주지 않는다


음악의 시작
귀를 움직일 수 없게 되면서 음악은 시작되었다
귓속에 시간을 놓고 알몸으로 나온 날
발자국 같은 귀를 뚝뚝 흘리고 다니게 되었다
증발하는 귀에서 누구의 것도 아닌 감정이 창궐했다
시간의 생물 같은 것
그것이 아직 음악이라는 것을 몰랐지만
더는 들키지 않고 다가갈 수 없게 되었다

# 진찰

진찰을 받을게 오늘은 계단 밑에서
눈을 넣어 볼까
점점이 흩어진 동물들의 눈
어미가 다른 동물들의 검은 눈
넣어 볼게 꼭 피를 나눠야 한다면

진찰을 받을게 오늘은
모두들 기도하러 갔어
언니는 자고 있고
모두들 우물가로 기도하러 갔어
그 우물은 깊이를 모른다는데
누군가 울던 눈을 빠뜨렸다는데

추워도 좀 웃었으면 해 오늘은 계단 밑에서
그늘을 넣어 볼까
몸 안의 동물들이 숨는 그늘
몸 안의 나무들이 마르는 그늘
넣어 볼게 너의 피 몇 방울 내 몸에 숨긴다면

진찰을 받을게
기도하러 간 사람들이 돌아오는 동안
눈의 온도를 재 볼까 해
축축한 몸을 뜨거운 꿈으로 말리며
언니는 자고 있고
눈을 문지를 때마다 그늘이 자라고 있어

우물 앞에서는 비밀이 없다고 했으니까
오늘 우리가 밝혀질지 몰라

심장이 몸에 꼭 맞기 전에
우리 오늘을 꼭 기억하자

# 탈것

아무도 보이지 않아
이제 곧 그 곳인데
이제 곧 그 시간이야
이 장면은 어디서 본 적 있는 거 같다

그것은 그래 누가 타도 넘어지게 되어 있지
누가 타도 사고가 나게 되어 있지
실험은 이미 끝났고 결론은 내려졌어
실험이 끝나기까지
아름다운 아이들이 병신이 되었지
아름다운 아이들이 늙어 갔지
위험을 알게 되는 건 늙는 일이야

하나도 늙지 않은 그것은 늘 다시 돌아와 있지
그 곳에 그 시간에
그것의 한국 나이를 알 수 없어
그것은 피할 수 없어

오늘은 또 누가 그걸 탈까

아는 사람이지
그것도 알고 우리도 알지만
자신은 알 수 없는
우리가 우리를 기다리는 방식
우리가 하나 더 는다는 것

그런데 아무도 보이지 않아
아무도 보이지 않는데
모두 나를 보고 있는 거 같다
이제 곧 그 곳인데
이제 곧 그 시간이야

오늘은 나야? 지금 나 그것을 타고 있는 거야?
계속 이 물음 속에 정지해 있어야 한다는 것

# 목맨 사람의 집*

우리는 점심을 차리고
우리를 보고 있는 눈
그것이 목소리를 갖게 하지 않으려 침묵해야 했다

그 집의 나무에 대해 이제 말할 수 없다
그 나무 아래서 헤어질 수 없다
눈 안에 그 눈이 고이지 않기 위해서

우리는 점심을 차리고
차릴수록 고요한 점심
머리카락은 정지해야 했다
역광 속에서 그 눈이 쏟아지지 않기 위해서

부러지지 않은 나뭇가지 아래 두 눈
우리를 담고 있는 오후의 액자처럼
그 속에 이미 우리가 가득한 후였지만

점심을 마치기 위해서
식탁보를 펴고 소리 없는 음식을 차렸다

몸에서 소리가 사라진 흉상처럼
점심이 차가워질 때까지

자신의 깊이를 못 견디는 눈
두 번째 그림자가 나무 밖에 있었다

* 폴 세잔의 그림.

# 페페

물을 받아들이지 않았다
물에서 그것 아닌 무엇이 자라 있었는지
그것이 음은 아니었겠지만
너의 식물을 기르는 일

물을 주는 행위와 물을 거두는 행위를 동시에 할 수는
없어
물이 되기 전의 구름을
빛이 되기 전의 열을
들려주어야 했을지

가지를 멈추며 어떤 진공을 향하는 일
화분 가득 숨을 참았던 시간이
그림자를 비워 가는 일
속에서 붉어 가던 물이 방 안을 비추곤 했다

물로 그은 금이 말라 가듯
방은 조금 가라앉고

말라 가는 뿌리에 차가운 귀가 맺히기 시작했다
끝내 받아들이지 않은 물방울일지 모를
그 귀들로,
떠오르려 했던 것일지
말라 가는 자신이 들려왔던 것일지


인간의 여름에서 자란 적 없는
너의 식물
페페, 장마가 끝나서야 그 이름을 알게 되었다


들어 본 적 없는 음을 떠올린 것처럼

# 출생의 비밀

시골은 그래. 시골은 느리단다
지금 걸어도 내일에나 길이 생길걸
물을 건너도 내일에나 다리가 놓이기 시작할걸
그래. 시골 이야기가 아니야 시골길 이야기가 아니야
시골 식당에 가 보았니 지금 시켜도 내일에나 배가 고플걸
시골집도 그래. 지금 살아도 내일에나 짓기 시작할걸
창을 닫아도 내일에나 창문이 달릴까 말까
그래. 시골 이야기가 아니야 시골집 이야기가 아니야
시골 의사는 너무 멀리 있단다
지금 불러도 내일에나 진통이 시작될걸
시골 아이들은 너무 천천히 있단다
지금 태어나도 내일에나 들어설까 말까
그래. 꽃잎을 생각해 봐 지금 떨어져도 내일에나 붉기 시
작할 텐데
나방을 생각해 봐 지금 변이해도 내일에나 자연선택 할
텐데
네가 왜 모두와 닮았는지 물어봐도 되냐고 한다면
너는 내일에나 거울을 볼 테지만
거울 속에서 아는 얼굴을 불러낼 테지만

지금 발설해도 내일에나 비밀이 생기기 시작할걸

알려고 한다면 알 수 없지만

모르고 살다 보면 언젠가 들려오는

그런 건 시골도 예외는 아니지

누군가는 모르고 죽고 누군가는 모를 때까지 살겠지만

네가 듣고 싶은 말은 이런 게 아니겠지만

그래. 돌림노래처럼 다가오는 해피엔딩을 너는 이제 막
시작한 거란다

모두가 다 아는 결말을 내일에나 궁금해하기 시작할 테
지만

# 모이 사료 밥

새모이
날아왔다는 것을 증명할 방법은 없었다
누군가 뿌려 놓은 약들로 부리가 무르는
여기서는 허기가 주인이다

기와들이 와르르 웃는 서쪽으로
등을 돌릴 때면
지붕은 홀로 온 색들로 다시 배열되고

빗살무늬 내장을 보여 주어야 할 시간
씨앗이 내장을 헛돌고 있다

토끼사료
해가 노쇠할 때까지 철길에 앉아 있었다
앉아 있었을 뿐인데 사람들은 달리는 것만을 떠올리고
앉아서 달리는 눈에 침이 고인다

포복으로 기어 와도 늘 먼저 와 있는 공복 앞에

우리는 몇 마리일까

어쩔 수 없는 식성은 항문일지도
모른다 항문의 유로를 위해
달리고 엎드리는지도

붕어밥
어리석은 마을에 잠들었다
잠 속으로 낚싯바늘을 드리우는 허기
우리는 꾸덕꾸덕해지고
구름의 늪으로 물풀이 타닥타닥 타오른다

왕이 된 노예, 공복이 마을을 덥히고 식성을 지배한다
우리는 노예였던 왕의 이야기에 점점 빠져든다

*굶기는 반성이고 저항이자 투쟁 영역의 확장일 것이다**

선언이 울리는 순간 번쩍 뜨이는 눈

(개미핥기의 개미) 태풍이 지나간 뒤 우리는 닭갈비를 먹었다 간간한 튀밥을 튀겼다 쌀벌레들도 부풀었다 간간한 날 *굶기*\*\*를 읽다 개미핥기, 식성이 이름인 것들을 떠올렸다

* 미셸 우엘벡의 소설 『투쟁 영역의 확장』.
** 크누트 함순의 소설 『굶기』.

2부

마임의 방

## 만화에 빠진 윤사월

만화책을 보는 그대 안에는 아이와 노인이 있다
아이가 가리키고 노인이 넘긴다

만화책을 보는 그대는 두 번째 4월에 있다
치료는 잘되고 있습니까
소리와 의미가 일치하는 기이한 세계
여러 날 같은 컷이 반복되고 있다

*하루는 너무 깊어요. 시간이 필요해요.*

이 계절은 시간을 가진 자의 장르
그대의 시간은 한 컷 한 컷, 처음으로 돌아온다
여전히 낯선 곤충의 시선
비늘마다 눈을 갖고 있다

아이는 가리키고
만화책을 넘기는 손은 달력을 넘기지 않는다
그대는 이 계절이 아까워
연신 느낌표를 날리고 있는데

소리와 의미가 일치하는 기이한 세계
끊임없이 서로의 등짝을 카피하고 있다


한 컷 한 컷, 곤충의 시선
4월은 생애보다 느려 터진다


*끝나기로 되어 있는 것들만 시작해요. 끝이 있는 것들만*
*계속해요.*


그대는 만화책에 빠지는 사람이 아니다
그대는 만화책에 빠질 만큼 잊어야 할 시간을 갖고 있는
사람이 아니다


환자복의 상형 문자
아이가 가리키고 노인이 읽는다
4월은 생활이 없어도 좋지만 그대는 치료 중
종일 자신의 눈을 떠올리고 있다


노인이 아이와 일치하는 시간이면

손에서 툭 떨어지는 만화책
날리는 4월의 컷들, 컷들

# 절정의 고양이들은 어디서


이번 추위의 절정
절정은 자주 있다는 뜻이다
수은주가 놀라운 속도로 자유낙하했다
공도 뜨지 않는 추위
아무도 공을 띄우지 않았다는 뜻이다

이 밤의 모양 좀 봐
밤은 스스로 넘겨 보고 또 넘겨 보고 자신을 열독하는데
귀를 에는 절정의 소리
고양이들이 추위를 열렬히 녹이고 있다는 뜻은 아닐 것
이다
단, 절정을 타고 가장 먼저 난 눈썹은 수은빛이다

추위는 경계심을 녹인다
뭔가 이상하지 않은가
들여보내 달라는 뜻은 아닐 텐데
뒷덜미를 당기는 고양이들
몇 시를 오가는 것일까
고양이의 꿈속 같은

이 밤의 모양 좀 봐

밤은 입김도 없이 자신을 열독하는데
쏟아질 것 같은 절정의 소리
단, 절정을 타고 가장 먼저 터진 눈망울은 쉽게 응고되
지 않는다
잠들 곳이 어딘지 물을 수 없다는 뜻이다

고양이가 울다 남는 절정
고양이는 몇 번이나 존재한다
울음에 금이 갈 때
밤은 우리가 만날 줄 알았다는 듯이, 정지해
뒤돌아보는 고양이까지
모퉁이를 돌아, 절해고도로 간다

사라진 고양이가 남아 있는 밤이면
밤새 꺼지지 않은 꼬리등
나는 밤을 잘못 새웠다

# 마임의 방

하나의 방에 얼마나 많은 방이 있는 것인지

방의 깊이를 알 수 없어 방을 나올 수 없다

침묵이 부딪혀 돌아오는 시간의 저 끝에

벽이 있을 거라 짐작할 뿐

하나의 방에 얼마나 오랜 방이 있는 것인지

침묵은 더 멀리 들어가고

방은 알 수 없이 깊어진다

오랫동안 들어서는 방들은 한 번도 마주친 적이 없고

한 번도 떠난 적이 없다

어떤 침묵이 이 방의 끝을 불러낼 수 있을까

하나의 방에 얼마나 먼 방이 있는 것인지

어떤 침묵도 시간을 머문 적이 없어

아무도 들어올 수 없다

# 돼지 (안)에서

봄에 주린 돼지는 자연 점등하였다
주름진 귀가 잠시 타올랐다
불 켜진 돼지를 들어가 볼 수 있을까
자기 (안)을 돌아다녀 본 그것을

*문꼬리가 안으로 있군*

또 한 남자가 그것을 열고 들어갔다
꾸역꾸역, 자신을 밀어 넣으며 돼지의 봄을 도왔다
*축축해*

*봄의 덩어리들*
뜨거운 입김은 (안)을 어지르고 있었다
서로의 용서를 받아 주는 밤
용서의 내용은 똑같고

남자들이 늘어날수록 돼지는 비좁아진다
번개의 수혈, 돼지가 한번에 밝아지면
남자들은 술잔을 돌리듯이

귀를 돌리고 있는 것이다

그들의 볼륨이 돼지에 꼭 맞을 때
들리지 않던 것들이 살과 뼈를 갖기 시작한다

남자들의 용서가 가득 들어차
돼지의 봄은 질식할 것 같은데
(안)에서 황색등처럼 점멸하고 있는
*아버지 형 아버지 형*

머리를 흔들어도 털어지지 않는
귀는 밖을 듣고 있지 않다

# 입체아

씻길 면이 많은 아이다
왜 자꾸 자기 몸을 파고드는 건지
평평한 눈으로는 곤란하고 피곤해
엉덩이를 숨길 건 없는데
엉덩이가 어디쯤인지는 아니까
아이 같은 부분이라고 어색해할 건 없는데
넌 아이니까

씻기고 또 씻겨도 어쩌면 이렇게 면이 많을까
욕실이 큐브가 되려고 하잖아
물방울이 함성을 지르잖아
아이의 면에 손의 각을 맞추는 동안
더운 물은 금세 마른다 열에 못 이겨서
손은 아이를 횡단한다 하얗게 질려서

자꾸만 각지는 눈을 모아야 하는데
아이를 좀 압축할 수 없을까
아이가 곧 튀어 오를 것 같잖아
일생 짓게 될 표정을 모으면서

불규칙한 얼굴로 돌아오고 있잖아

어느 면도 아이의 표정이라고는 믿을 수 없는데
씻기고 또 씻겨도 남는
아이를 펼치느라 곤란하고 피곤해

펼친 면에서 내일모레의 아이가 하나둘 눈뜨는데
동그란 눈으로 마주 바라보는데
모든 면을 펼칠 수는 없어
펼친 아이를 품에 꼭 감싸 줄 수는 없어

그림처럼 자랄 수는 없을까
그림자를 옮겨 주어야 하나
그나저나 이제 또 어떻게 닦는담
그 많은 면을

자, 이제 아이들은 아이들이 맡는다

# 삼형제

큰형은 입맛을 다시며 처형을 달게 받았다
막내는 큰형의 재를 곱게 빻아 콜라에 타 먹었다

그리고 여행이 시작되었다

두 갈래로 땋은 길
사슴들이 뿔을 분지르며 싸우고
황금새가 극락조의 목을 조르고 있었다

세 갈래로 땋은 길
새벽 여인숙에서 흑인 사냥꾼들이 목욕을 하고
옛 엄마는 전을 부치고 있었다

막내가 칫솔을 물고 이동 화장실을 들어갔다 나왔을 때
다른 곳으로 이동해 있었다
가로등이 흰자를 희번덕거렸다

막내는 쌍둥이 노숙자가 기거하는 공원에서 콜라 한 잔
을 얻어 마셨다

물론 대가를 치렀지만
그것까지 시시콜콜히 기록하는 건 여행이 아니다

막내의 쓸개에서 큰형의 재가 꿈틀거렸다
큰형 웃지 마
무주에서 썰매들이 삐라를 돌렸어
전라도에서 시베리아로 넘어갈 때는 뒷면을 참고하래

털갈이하듯 눈을 터느라 막내는 북방한계선을 넘는지도
몰랐다
작은형의 앞니 두 개가 대나무에 박혀 있었다

막내는 노르웨이병원선을 타고 월북했다

# 번개와 장미의 집

모녀는 집 안에 들어온 번개를 보고 있다
들판 한가운데 장미가 피고
번개가 집 안을 밝히고 있다
들판의 하얀 집에서
모녀는 몇 년 동안 번개를 보고 있다
모녀가 기다리는 것은 아이가 아닐지 모른다
집에 오다 집을 잃은 아이
번개는 같은 가지를 뻗고
몇 년 동안 장미는 같은 숫자로 피는데
아직 집에 오고 있는 아이
발자국이 남을까 봐
들판을 돌아다닌다는데
지워지는 발자국이 더 선명해
아이의 발자국에 장미가 필 때까지
모녀는 신발을 돌려놓고 있다
자기 발자국에 겁에 질린 아이를 위해
겁에 질린 발자국을 지우는 아이를 위해

모녀가 기다리는 것은 아이가 아닐지 모른다

집에 오고 있는 것은 모녀일지 모른다
집 안에서 집을 잃는 일
장미가 숨기는 것이 아이인지 발자국인지
번개가 밝히는 것이 모녀인지 집인지
모른다

자기 발자국을 몰래 지우는 일
아이는 몇 년 동안 들판을 돌아다니고
모녀는 집 안에 들어온 번개를 보고 있다
머리카락은 계속 자란다지

# 우리는 보노보의 무엇이었나


보노보는 걷잡을 수 없었다. 손으로 뒤덮인 숲에서 누구의 손을 잡고 있는지 몰랐다. 손은 진화하고 약속은 퇴화하는 그것은 민첩한 개종과 관계가 있었다. 인간으로 튕겨져 나가는 우리를 보노보는 직면하고야 말았다. 우리는 손이 너무 빨랐던 것이다. 우리를 붙드는 보노보의 손을 입체적으로 벗어났던 것이다. 우리의 윤곽으로 멈춘 보노보의 두 손 사이는 고립되었다. 보노보는 우리가 보이지 않는데 우리는 보노보를 보았다고 했다. 보노보는 우리가 들리지 않는데 우리는 보노보를 들었다고 했다. 우리의 손은 너무 손같이 되었고 지문은 너무 지문같이 되었다. 보노보의 우리는 모두 여자였는데 언제부턴가 배꼽 없는 남자들이 생겨나기 시작했다. 보노보는 두 손 사이에 남은 우리의 윤곽을 허물 수 없어 영영 숲에 남기로 했다. 여자였던 남자들과 닮은 남자들의 보호를 기다리며

# 천 개의 공원

빈 날 공원 가자 담배가 두꺼워졌다는 느낌이 들면 고양이가 날렵한 울음으로 새벽을 더빙하면 새벽같이 공원 가자 피가 덜 빠진 마음으로 오랜 도마 냄새를 맡으며 공원 가자 왼손으로 잃어버린 감각의 목록을 적어 보는 빈 날이 우리의 크로마뇽일 거야 우리의 선사(先史)일 거야 점심은 놓고 내일은 놓고 빈 손으로 찬 손을 펴 주면서 공원 가자 빛의 회전목마가 돌아가고 그림자가 뜨거워진 벽을 이륙하면 우리는 목격되지 않아도 좋을 거야 멀리 손 흔드는 네가 내게 닿으려 하지 않아도 좋을 거야 내가 너의 연옥이 될게 내가 너의 연옥이 되어 너를 나른하게 할 거니까 나른했다 가 서늘한 입술로 웃었다 가 웃음소리 배인 왼손으로 얼굴을 감쌀 테니까 웃음소리에 베인 왼손으로 심장을 만질 테니까 머릿속에 먹구름 모으지 말고 조각난 표정으로 거울 사이 거울처럼 달리지 말고 공원 가자 들리지 않는 태양이 공회전을 시작하면 얼굴을 감싼 손과 빈 손을 잡고 우리 진화를 멈출 수 있을 거야 빈 날 누군가 우리를 창조할 수 있도록

# 청어 놀이

먼지 속의 청어가 말라 가는
봄 먼지 속의 긴 장례로 시작된다
다시 손을 잡고 무덤가를 돌 때
눈을 나눠 가진 아이들의 눈꺼풀이 감기지 않는
봄 호주머니 속의 청어 만지기
먼저 가 있는 신발 속에 그늘을 담고 있는
봄 신발을 잃은 아이들과 신발을 바꾸고
차가운 들판을 돈다
다시 땅의 아이들에 속하지 못한 아이는
호주머니를 더듬어 청어를 만진다
같이하지 못한 이불 밑
같이 가지 못한 기차 끝의
봄 (다같이) *잘 있었니 너희들이 지나가고 다시 만나려*
*했는데*
*너희들은 지나가고 지나가고, 지나가더군*
다시 마른 나무에 가득한 그늘
서로의 등을 보며 말을 삼키는
봄 차가운 들판을 멈추지 않기
뒷걸음치며 눈을 감기

검은 풀들이 발목을 잡아당기는

봄 아이들에게 옷을 나눠 입힌다

옷을 나눠 입은 아이들은 청어 그늘 아래로

다시 (다같이) *잘 있었니 너희들이 지나가고 다시 만나려 했는데*

*언젠가 들추어지지 않는 이불은 없지*

*언젠가 도착하지 않는 기차는 없지*

다시 웅얼웅얼 중얼중얼 청어가 들판에 쏟아질 때

웅얼웅얼 중얼중얼 청어를 따라하며 걷기

여러 개의 눈으로 돌아오는

봄 먼지 속의 긴 장례

손을 잡고 길게 서서 눈꺼풀이 감기기를

눈을 나눠 가진 아이들의 눈으로 기다린다

다시 물고기자리의 북쪽으로 청어를 풀어 놓는

봄 겨우 자라지 않기

다시 시작하지 않기

봄 다시 봄 봄 다시 봄 다시 봄 봄 다시 다시 봄 다시 봄

다시 그 밖의 조건은 모두 같다

## 고양이의 저녁


지상에 닿은 적 없는 안개를 딛고 있는
발목들
흔들리는 발목들

# 엽서 파는 소녀

한 가지 복잡한 계산을 해 보려고 한다
잘 들어 봐
이국의 엽서 파는 소녀가 담배를 같이 팔았어
엽서를 스무 장 팔면 털실 뭉치가 하나 생기고
담배를 스무 갑 팔면 뜨개바늘이 하나 생겨
모든 동물 중에 고양이가 증가할 때
소녀의 목도리는 언제 만들어질까

변수를 생각해 보자
한 계절 밖의 엄마 시차를 두고 우는 동생들
제거할 수 없지
좁은 가게 마른 들판의 염소들
변할 수 없지
소녀에게는 변수가 없어

그럴 경우 밖에서 주어져야 하는데
제시간을 훌쩍 넘겨 돌아오는 마을버스에서
내리는 승객은 단 하나
소녀의 언니

소녀의 목도리는 만들어질 수 있을까

소녀는 모든 물건의 값을 알고 있고
계산에 관계된 간단한 외국어를 익혔지만
소녀는 외국인을 본 적이 없어

만년설의 엽서
음악이 흐를 것 같은 도시의 엽서
십이월의 고양이 엽서
소녀는 엽서를 넘겨 보던 손가락으로
몰래 담배를 빼서 피워
담배의 길이는 좀 짧고

결국 소녀의 머리에서 냄새가 난다
계산이 틀린 거지
그달은 다시 올 테니까
요일이 좀 틀리면 어떠냐고
소녀는 달력을 넘기지 않고
엽서를 세고 또 세고

담배를 세고 또 세고
머리카락이 소녀의 목을 감고

겨울 내년 십 년
모든 동물 중에 고양이가 증가할 때
소녀라 믿고 싶은 여자가 남을 뿐

## 소녀의 괴물

괴물이 괴물다워야 인간이 인간답지
눈먼 자가 자신의 눈을 떠올리듯
괴물이 괴물다워야 인간이 인간을 떠올리지

시시해, 오늘의 일기예보 같은 이야기들
왜 무심한 요정들 또한 인간적인 감정에 빠져 버리는 건지
해로워, 가족이야기들뿐이잖아
누가 이걸 보고 인간이 되려고 하겠어

괴물이 그리 쉬운 줄 알아?
괴물은 괴물인 적이 없고
인간을 떠나 본 적 없는 인간은
인간을 수정할 수 없잖아

난 망명한 거라구
여기 이 도시로
이 도시 또한 동화가 되기 전에
진짜 괴물을 찾기 위해서

도시로 온 소녀는 어느 날 자신을 보고 놀라게 된다

# 높은 공

너무 높은 공이었다
거리가 가까워지면 쉬었고
멀어지면 그만두고는 했지만
너무 높은 공을 던졌다

떠올랐다 내려오면서 무거워지기도 했고
날아가는 중에 무게를 잃기도 했지만
그 공은 너무 높았다

공을 찾으러 가는 동안 겨울이 시작되었다
포물선이 공중에 얼어붙고 있었다
그 공은 너무 느린 공이기도 했다
우리는 말도 없이 집으로 가 버렸다

높은 공은 공중에 얼마나 있었을까
공에 실린 겨울은 계속되었을까
피가 무거워지고 있었다
우리는 확실해지지 않았다

# 다른 공과 똑같은 골프공 하나

눈이 내리고
골프공을 주우러 갔다

기차가 자주 끊겼다는 소식
젖은 모래 위에서
다른 하루와 똑같은 하루가
돌아오는 것을 보았다

겨울을 잃어버리기도 했다
겨울의 골프공 하나는
다른 공과 똑같이 선명하고
단 한번 잃을 수 있다

나는 멀리 있지 않았을 수도 있다
눈이 흡수한 소리들 속에서
골프공을 돌고 있는 홈의
그늘을 만져 보았으나 다른 공과 똑같은
골프공 하나는 아니었다

기차가 자주 끊겼다는 소식
누군가 묵던 방에서 이불을 가져와 덮었다
다른 하루와 똑같은 하루의
그늘은 옮겨지지 않았고
단 한번 분명해졌다

그것은 잃어버린 것이 아니었다
나는 그것 주위를 돌고 있었다는 생각이다

# 너는 도막도막

너는 도막도막 온다
도막도막 앉고 도막도막 일어서서 도막도막 온다

너는 도막도막 선언한다
입술이 먼저 와서 너를 엎지른다
하나의 목소리에 여러 개의 입술들
너는 너를 기다리지 않는다

모이지 않는 너는 나에게만 모아지려 하지
이어지지 않는 너는 나에게만 이어지려 하지

불연속의 밤이면
너의 이마를 식혀 주고 싶어
너에게 단것을 먹이고 싶어

네 앞으로 화분을 키울게
시계를 맞추고 머리를 기대어 보자
네 앞으로 식탁을 차릴게
도막도막 와서 먹어도 돼

도막도막 너일 수 있도록
무릎에 얼굴을 비추어 보자

너를 모으는 밤이면
너는 도막도막 어디를 다니는지 모른다
너는 너를 기다리지 않지
너는 너를 참지 않지

잔상으로는 이을 수 없는
그림자로는 모을 수 없는
너는, 언제, 다시, 느린, 계단을, 도막도막 올라올까

## 마비 1/8

마비가 왔다
두 개의 몸
한쪽 눈은 플래시백으로
나의 일부가 아닌 것처럼
내 안에서 왔다
어떤 전력 질주도 그것보다 먼저 올 수는 없다
나는 몇 번이나 당겨진 것인가
물을 끓이는 마비
컵을 드는 마비
다음 순간 나는 창가에 있다
스틸컷처럼 시간이 모르게 가 있군
모르는 시간으로 내가 와 있군
몸 안의 시간은 공백을 깁고 있는가
마비는 불규칙했지만
마비가 와서 나는 외롭지 않았다
피가 직접 나누는 악수
몇 번이나 그것과 인사를 하고 있는 것이다
마비는 작업을 시작하고 나는 연기한다
나의 없었던 일부를 허구하는 형식인지

몸 안의 공터를 거슬러 오는
나는 다시 자신의 눈을 들여다보는 자가 된다
몸 속을 돌아다니는 묘혈 같은 것
나는 잔잔해져 가는 것인가
두 개의 몸
한쪽 눈은 플래시백으로

## 오파라, 룩산부르그

그들이 떠나고 흉상은 귀가 말라 갔다

창에 부딪혀 목이 꺾인 새
창으로 스며드는 밤나무의 숨
낮의 그늘은 밤까지 사람의 냄새를 흘렸다

흉상의 안쪽으로 내려앉는 모래들

그들이 떠나고 집은 완성되었다
그들이 떠나고 흉상은 들리기 시작했다

그들의 돌아오지 않는 발자국이 들리고 머리카락에 어
렸던 불빛이 들리고 전등을 켜고 끄던 손과 이마를 짚어
주던 손이 들렸다 깨진 거울 안에서 수없이 얼고 녹은 벽
이 들리고 그 벽에서 소금처럼 말라 갔던 눈물이 들리고
그들이 떠난 후에도 어느 밤 그들에게 들릴까 두려워 흰
천으로 덮어 놓은 가구가 들렸다

집이 들리면서 집은 고요해졌다

집이 모두 들리고 나자 집은 완성되었다

그들이 떠나고 모래는 흉상을 바깥으로 옮기기 시작했다
팔이 떨어지는 소리
손에 금이 가는 소리
그리고 지금 막 내가 들리기 시작한다

3부

태내적 귀

## 소년감별소

— 소년에 대한 재구성을 기각한다

1

모두와 같은 말을 해야 하는 것이었군요. 이국의 언어를
처음 배우듯이. 인사말부터. 쉬운 말부터. 말을 할 때마다
자신에게 멀어지고 있는 것이군요. 돌아서고 나서야 떠오
르는 말들. 내가 나를 재현하는 방식을 설명할 수는 없어
요. 그것은 귀에서 멈추지 않고 입술에서 다시 잔물결처럼
시작될 것인데요.

: 의자는 모서리가 없고 소년은 불가능한 자세를 허락받
는다 모두의 눈앞에서 아무도 몰래 이루어지는 시기. 소년
의 일이 저 밖의 일들처럼 소년의 무릎에 내려앉는다 소년
이란 자신을 만져도 이상하지 않다는 뜻이다, 라고 소년을
잘못 이해한다

2

나는 나에 닿지 않습니다. 나는 나의 밖에 있습니다. 만
져 보아도 거기 내가 있는지 모릅니다. 나는 하나가 아닌 것
같습니다. 나는 내가 아닌 누군가가 사로잡혀 있습니다. 내
가 아니라는 것 아니었다는 것 아닐 거라는 것. 나는 누구

와도 눈을 맞출 수 없습니다. 도와 달라고 말할까 봐 죽고
싶습니다.

: 세상을 찢고 들어온 태내에서 태몽부터 악몽이었던 아
이사내. 소년은 자신의 몸이 의심스러워 자꾸만 훼손하는
데 자신을 긁는 손 밖에서 오는 축축한 꿈 같은 것들. 맨
처음 꾸었던 꿈의 마지막 한 방울까지 비워도 소년은 남는
다 소년은 몽정을 해 본 적이 없다

3

너무 가깝잖아요. 이건 마치 껴안으려는 건가요. 우리와
우리 사이에 무수한 우리들. 시간을 나누려거든 무한이 필
요하겠어요. 모두 같은 말로 끝나더라도 여러 개의 주어가
필요한 거잖아요. 거짓만이 우리를 연속이게 했는데요. 신
기하게도 몇 달 후 우리의 기억은 일치했어요.

: 소년은 긴 손가락을 세우는 그들을 본다 그럴 때는 입
을 다물어야 한다는 것을 안다 감별이란 항문에 손가락을
넣어 보겠다는 뜻인가 흔해 빠진 아이사내를 발견하지만

자신을 소년이라고 생각하는 소년은 없었다 소년이 살고
싶은 소년은 조금도 없었다

# 벌레들이 떠나자

벌레들이 떠나자 몸이 돌아왔다
나는 숨을 데가 없어
몸 밖을 나와 몸의 속도로 앓아야 했다

벌레들은 투명하지 않다
시간보다 깊은 열기 같은 것
그런 것들은 고이지 않기 위해 마르고 증발된다는데
젖은 채로 태어나는 벌레들의 뜨거운 눈알
자신의 열로 자신을 태우는 시간은 불투명하다

벌레들이 열을 품는 소리 같은 것
눈알이 타들어 가는 냄새 같은 것
몸 아닌 것들의 자리에서 몸이 발아하는 것이다

벌레들을 불렀던 것은 내가 몸 안으로 숨으면서 내는 열
이었을까
몸 안으로 들어왔던 벌레들은 다시 열이었을까

내 몸을 천천히 돌아다녀 본

벌레들의 열기가 몸을 말리는 시간
추운 몸이 흘리는 땀에서
벌레가 빠졌던 물의 냄새가 난다
내 몸의 물기들은 벌레들의 눈알 같은 것인지도 모른다

벌레들이 비운 내 몸의 끝자락에서
몸이 공전하는 소리를 듣는다
몸 아닌 것들이 자리를 비우는 소리

벌레들이 떠나자 몸이 추워졌다

# 누군가의 밤길에 여러 번


누군가의 밤길에 나는 물로 보였으면 한다
물의 냄새 짙게 나서
누군가 나를 흐른다고 생각했으면
나는 그저 밤길을 휘청휘청 흘러갈 뿐인데
나를 피해 밤길을 파하지 않았으면

나는 자주 갈아 주고 자주 흔들려야 한다
내 안의 물이 멈추지 않도록
물이 생기는 생각을 하고
머릿속에 물길이 나서
끊임없이 흘러야 한다

오늘은 그믐이던가 월식이던가
이 밤길은 처음인 것 같군
나는 여러 번 누군가의 술 취한 남자였겠지만
내 안의 물이 나를 끌어당기는
물의 장력으로 천천히 나를 옮기는 것일 뿐이다

내 몸의 구멍에서 물의 냄새 넘치는데

그 속으로 그믐의 물처럼 고요하고 어두운
밤길이 흐르는 것 같아
흐르기 시작하는 물의 그림자들
가만히 놓아 보내는 것인데
누군가 이 밤길을 파하고 있는지

내 몸의 구멍으로 흐르는 밤길은
물에 가라앉아 내 몸을 돌아다니게 될까
내 몸의 물빛을 흐리게 하여
내가 나를 들여다볼 수 없게 될까
나는 어느 밤길 누군가의 술 취한 남자일지 모르지만

쏟아질 것 같은 물의 뒷모습으로 보였다면
내 몸이 아픈 게 아니라 네가 아파서다
네가 아프면 내가 쏟아질 것 같아서다
오늘은 쏟아질 수 없는 것들이 흐르는데

다 쏟아 낼 수 없는 것들은 물에 가라앉지 않는가

# 태내적 귀


귀를 비운다

그가 너의 아이였을 때 선인장 같은 아이였을 때
너의 흐린 머리카락을 듣고
몸 안의 사막을 듣고
너를 듣는다는 걸 잊은 듯이
귀에 남는 음들 느리게 느리게

귀에 두고 온 음들
그가 너의 아이였을 때 선인장 같은 아이였을 때
양초가 들리니 양초를 켠다
화분이 들리니 물을 준다
식물이 흐를 수 있는 저음으로
가지 끝에서 떨리는 음들

내일로부터 모레로부터 오지 못한
그것이 내일이 되고 모레가 되고
들리지 않는 꿈처럼
귀 안으로 사막을 옮기는

무음의 그림자

귀를 비우면 네가 들릴까
들어 본 적 없는 태내에서 귀를 자르는
내일의
신생의
레퀴엠

진공의 비처럼
흐르지 못하는 귀를 돌고 있는
*그가 너의 아이였을 때 선인장 같은 아이였을 때*

자신의 레퀴엠을 듣는
그의 시간이 너에게 울려…… 있어

# 九人

내가 잠들면 안경을 벗겨 줄 사람
안경을 고이 접어 놓고
내 눈동자에 손을 담가 꿈을 정돈해 줄 사람
지문이 물결처럼 퍼졌다 돌아오고
눈썹에서 겨울나무가 자랄 때
나의 이륙과 착륙을 수신호 해 줄 사람
이름을 지우고 중력을 풀고
수레 바퀴살을 풀어
까맣게 나를 놓아 줄 사람
옷깃에 다시 얼룩이 묻을 때까지
마블링의 호랑이를 만날 때까지
주사위 놀이를 대신 해 줄 사람

그리하여 매번 깨어날 때마다
다른 우주를 낚아 줄 사람
온몸을 빛의 점자로 만들어
움직이는 벽화를 그리고
종이 접는 법을 배우고
노래의 탯줄을 보관해 줄 사람

강을 떠도는 뿌리를 따라
금속과 유리 조각을 모아 줄 사람
그리고 그의 턱을 대신 괴어 줄 사람

# 겨울 모스크바 편지


편지라는 행위만으로 우리는 눈 덮인 벌판에 서 있었다


겨울에 대한 끊임없는 여백
읽을 때마다 다른 곳에 있는 문장들
욕조에 물을 받듯이 그것을 옮겨 적을 수는 없다고 생
각했다


그곳이 어디에 있는지
어디로 흐르고 있는 것인지


기침과 침묵에 대해 쓰면 얼음이 되어 닿았다
묘지에서 돌아오는 저녁 입김에 대해 쓰면
얼음에 찍힌 새의 발자국이 되어 닿았다


그곳이 어디에 있는지
어디로 흐르고 있는 것인지
편지라는 행위만으로 우리는 긴 복도에 서 있었다


우리말은 다 잊은 것인지

우리는 여백을 헤매고 그 안에서 길을 잃었다

우리를 빠져나가는 공기에 대해 쓰면
창의 뒷면이 되어 닿았고
창에 입김을 불어도 글자가 쓰여지지 않았다

어디론가 끊임없이 흐르고 있을 문장들
겨울에 대한 장문의 여백

여백을 고쳐 쓰면서도 우리의 문장은 한 줄도 찾을 수
없었다

# 오늘의 빵

어느 쪽이든 저녁은 오고
어느 손이든 반죽을 하게 되어 있지
내일 저녁과 같은 재료여서는 안 된다는 것
오늘의 음악 같은 것
오늘의 체조 같은 것

어느 쪽이든 저녁은 오고
어느 손이든 흔들어 주게 되어 있지
머리를 감겨 주던 손으로
이마를 짚어 주던 손으로

살냄새 흐릿한
네 조각 빵을
유성에서 꺼내 온 것 같은

오늘의 구름 한 장
오늘의 호수 오늘의 터널
여러 번 와 보았다는 느낌과는 다른
오늘의 기한을 지나는 것들

몇 초간 부는 젖은 바람
그것은 유원지의 밤에서 오기도 한다

한 종류의 저녁밖에 없는 지상에서

# 여름의 자세

여름, 물속에서 안고 있던 자세를 어느 날, 기억해 냈다

여름, 물속에서 안고 있던 자세로 잠이 들었다
모래알이 물결에 씻기는 여름,

잠 속으로 떠내려온 모래알
따뜻한 물결 위를 떠다녔다
발이 닿지 않았지만

많은 여름은 놓아두고
잠깐 동안의 자세가 여름으로 떠오르는지

하나의 해바라기를 위해 모두가 푸른
여름,
오래전 빛 속에서
물결 가득한 빛 속에서

잠시 그가 되는 일

모래는 하나의 여름을 향하여 흐르고
그 여름의 나는 오늘을 이해한다

# 눈알을 삼킨 물고기

눈알은 먼 시간으로 흐려져 있었어
오래전 시간에서 눈을 뜬다는 것
물속을 걸어다니던 것들과 함께
막 육지로 올라오기 직전의 눈이었어

물고기는 뭔가를 닮고 싶다는 생각에 시달렸던 듯해
같은 데서 돌고 있는 눈알로는 빠져나올 수 없었겠지
눈알이 고요하지만은 않았겠지

눈알이 마지막으로 보았던 것들이 돌아오고 있었어
깨진 눈알 조각 하나만 있다면
언제든 돌아올 수 있다는 듯이

마지막으로 보았던 것들이 열을 잃어 가면
눈알을 떼어 낼 수 없었겠지

막 미끌거리는 발이 생기려던 때
물고기는 계속 자신의 눈알을 돌고 있었던 거였어
눈알이 부딪혀 돌아오는 시간에서

자꾸만 발을 잃어버려

마지막으로 보았던 것들의 남은 열로
물고기는 뱃속이 뜨거워졌어
뱃속에서 눈알 두 개가 마주 보았지만
서로 알아보지 못했어

# 사북 이모

그 밤 누군가 문을 두드렸지요
그 밤 비릿한 푸름 속에서 목련경을 읽고 있던
이모, 지옥은 여기와 얼마나 다른지 다시 듣고 싶어
정말 그 낡은 책에 다 쓰여 있었던 것인지
책을 덮고 바람이 헝클어 놓은 밤의 길이를 바라보던
이모, 왜 매일 밤 같은 곳을 덮었는지 알고 싶어
매일 밤 내가 같은 곳을 물어보기 때문이라고 했지만
비릿한 푸름 속에서 그 페이지는 탄광의 갓 넌 기저귀
같았어요
채굴되지 않은 탄처럼 길어지고 있던 밤의
이모, 얼굴에 푸른 물이 들 것 같았지
온통 푸른 네온뿐이었잖아
그곳을 물 위라 생각하고 싶었던 건가요
물속으로 가라앉는다고 생각하고 싶었던 건가요
피할 수 없는 일들이 지옥일 거라고 했지만
오래 피할수록 많이 잃을 거라고 했지만
이모, 어쩌면 우리는 발굴되지 않을지도 모르잖아
매일 밤 듣던 음악을 걸며 다시 목련경 첫 장을 펼치던
이모, 그 밤을 처음부터 다시 넘기던 소리

목 뒤로 들려오던 밤의 채굴 소리, 들려요

몇십 년에 한 번 오는 철새처럼

잊힌 길은 되돌아오는 것이 아니라 건너가는 거라면

이모, 같은 길은 한 번도 없어서 그렇게 많이 잊힐 수 있
는 걸까

그 밤 누군가 문을 두드렸지만

이모는 손님이 아닐 거라고 했어

# 젖내림

### 1

만삭의 누이들 벌판에 누웠다 상처 입은 개들이 상처 없는 개들을 돌아다녔다 기를 수 없는 풀들이 시체를 먹고 자랐다 머리는 신생아 뜨거운 다리는 태아 불순한 혈통이 반쯤 낳은 아가야 젖이 맛이 없니 왜 빨지 않고 울기만 하니

### 2

달이 굶는 이 밤은 완전하다고 해야겠군 죽은 아기를 매달았으니까 멸균되는 이 밤은 처음이라서 완전하다고 해야겠군 처음만이 완전한 거니까 젖을 뒤집어쓰고 죽은 아기는 이 밤에게 얼마나 달까 달이 달을 찾는 밤으로 아기를 옮겨야겠군 머리를 가리고 아기의 뜨거운 다리를 식혀야 하니까

### 3

그 애가 터번을 둘렀어도 알아볼 수 있어요 방독면을 썼어도 알아볼 수 있어요 방독면 속에서 꽃씨를 빠는 아가 들어 본 적 없는 꽃씨를 호흡하는 아가 눈을 깜빡이지 못해 눈물을 줄 수 없어도 알아볼 수 있어요 또한 젖내 나는

아가 배꼽으로 숨 쉬고 있을지 모를 아가 칠흑 같은 손으로 얼굴을 만질 수 없어도 알아볼 수 있어요 태어난 적 없어도 알아볼 수 있어요

4

모성이 생기면서 누이들의 복사뼈는 앙상해졌다 이렇게 빨리 소모될 줄 몰랐고 착지하게 될 줄 몰랐다 이제 뛰어내릴 수도 없는데 불순한 혈통은 다시 배를 부풀렸다

벌판에 추운 풀들이 자라자 풀독 오르는 계절 밖에서 새엄마가 왔고 새엄마에게서 여러 개의 탯줄이 발견되었다 반쯤 녹은 가위와 뜨거운 다리와

# 올 들어

올 들어 가장 따뜻한 날
올 들어 가장 긴 식사
새는 울지 않고
떨어지는 잎을 들려준다
한 잎 또 한 잎

올 들어 가장 긴 목욕
올 들어 가장 가벼운 공기
하얀 고양이 둘 누워 있다
올 들어 처음으로 듣는 낮달
처음으로 녹는 아이스크림

올 들어 가장 이른 기일
올 들어 가장 느린 해
넓은 잎을 가졌던 나무의 음악과
우리의 그림자가 만날 때
저편의 시간을 들어 보기도 하는 것

올 들어 가장 고요한 골목

올 들어 가장 선명한 창
날짜를 잘못 기억하고
자신의 집을 몰래 바라보는 것
구두는 뒤로 놓여 있다

올 들어 가장 적은 강수량
올 들어 가장 천천히 타는 향
따뜻해지면서 가벼워지고
가벼워지면서 고요해지는
올 들어 가장 잊기 좋은 날

## 즐거운 레퀴엠

레퀴엠을 듣는 오후입니다
당신은 쌀죽을 쑤고 나는 장자(莊子)를 읽으면서 무릎을
깎습니다
화분에 어리는 꿈들은
거짓의 가루를 입힌 사실입니다

당신은 지루한 날들에 메스를 댑니다
유리를 빻아 아슬한 놀이 공원을 짓고
담장에는 비타민도 바릅니다

레퀴엠을 듣는 오후에도 의무감이란 게 있습니다
나는 토마토를 갈아 토마토죽을 만듭니다
당신의 놀이 공원에 물고기들을 가두고
무화과를 심습니다

물론 이 오후는 라이브가 아닙니다
그러나 나는 언제나
놀란 듯 노래를 부르는 아이처럼
몰랐다는 듯 태어난 신생아처럼

당신은 주전자 앞에 서서 끓는 물을 지휘합니다
물을 마시듯 숨을 쉬면서
복화술을 연습합니다
그렇게 당신은 나의 귀를 수리합니다

# 밤의 트럭

트럭이 고요히 기어를 풀고 있다
밤이 길 거라고 했다

흔들리는 창에 눈을 내려놓는 새들
발에 묻혀 온 잔광을 털며
자신들의 눈을 선회하고 있다

트럭이 식고 있다
떨림을 멈춘 미러는 길을 비운다

먼 쪽의 바퀴가 남은 열로 희미해지고 있다
타원이 되지 못했던 기나긴 유턴

느린 중심을 돌고 있는
밤은 가장 먼 곳에서 휘어지기 시작한다
그것은 터널 속에서 흘러나오기도 했을 것이다

사라지면서 어둠을 남기는 눈들
밤을 가장 오래 본 그것들은

자신의 얼굴을 볼 수 없다

그믐 쪽으로 밤이 누수되고 있다
교대할 시간이다

## 로즈텔

뱀이 개의 죽음을 지나가고, 있다
뱀의 없는 무릎 같은 것이 저렸다

창에서 이미 일어난 추락 같은 것이 반복되고, 있다
반복되는 추락을 관통하여 새가 발톱을 오므리고, 있다

아직 깨지지 않고 남은 창에서 구름이 모이고, 있다
갯내 같은 것들이 벽을 긁고, 있다

꺼진 재들이 구름에 섞이고, 있다
재에 덮여 있던 발자국 같은 것들이 흩어지고, 있다

뱀이 개의 죽음을 반복하고, 있다

돌아오지 않은 것은 개뿐이다
곧 비가 내려 돌아오지 않은 개를 지울 것이다
이빨을 씻을 것이다

뱀의 뼈 같은 것들이 지상으로 오므라들고, 있다

뼈 사이를 채우고 있던 막 같은 것들이
죽음을 바닥에 붙이고, 있다

약간의 구름이 소모되고, 있다
이제 막 생긴 웅덩이에서
새가 수없이 부딪힌 허공이 반복되고, 있다

뱀이 깊어지고, 있다

# 뱀딸기

뱀딸기를 먹으면 시간이 빨리 가는가

바위 뒤에서 오줌을 누는 사이
모두 돌아가고 없었는데
바위 뒤에서 두 뱀이 뒤엉겨 있었는데

여름은 뱀을 낳는가
뱀은 딸기를 먹는가
오줌은 마르지 않았는데
뱀은 바위를 돌고 뱀딸기는 뱀을 돌고

뱀딸기는 독이 있는가
뒤엉긴 뱀에 딸기 물이 드는데
나는 보이지 않게 되었던 것인데

뱀딸기를 손에 꼭 쥐면 내가 보일까
입 안에 뱀딸기를 짜 넣으면
스르르 나는 다시 나타날까

뱀이 혀를 댄 것처럼 하늘은 붉어지는데
다시 눈을 뜨기 위해
눈을 감을 때가 되었는데

같은 몸이 하나 더 있다는 건 어떤 느낌일까
두 뱀 중 누가 독을 갖게 되었을까

뱀은 바위를 돌고 뱀딸기는 뱀을 돌고
아직 안 숨었니?

## 모짜르트가구점

못을 사용하지 않습니다
나이테를 돌고 있는 소리들
시간의 음악이 들립니다
누구나 아는 음악이지만 또 누구나에게 다른 음악이지요
못을 사용하지 않는 이유입니다
두드리지 말고 잘 들어 보세요
몇 번의 반복과 변주로 멈추지 않는
다른 시간을 돌고 있는 음악을
우기의 들판 우림과 바람을
가만히 들어 보세요 구름이 들릴 때도 있습니다
오래전 첫서리 같은 것
몰래 내리는 겨울비 같은 것
가구들이 날씨에 민감한 이유입니다
조금씩 시차가 다른 소리들
나이테의 처음으로 돌아가고 돌아갑니다
가까운 시간에서 멀리 있는 시간으로
계절의 간격 같은 것
시간의 속살 같은 것
회전이 부족하면 조금 늦어지기도 하지만

침묵의 자리를 만드는 소리들은 흐르기 시작합니다
점점 지름이 다른 동심원이 되어 가는 음악
가구점의 지붕이 높은 이유입니다

어둑해지면 귀가 램프처럼 밝은 노인들이 옵니다
노인들은 뜻이 없고 말이 없고 귀를 엽니다
일생을 들어도 끝나지 않는 음악 같은 것
자신의 생애만큼이나 이해할 수 없는 모짜르트처럼
누구나 아는 음악이지만 또 누구나에게 다른 음악입니다
언제나 문을 열어 두는 이유입니다

# 두 번째 밤이면 동물들은

두 번째 밤이면 동물들은 가죽을 벗고 만난다
습성을 벗고 먹이 사슬을 벗어나 맨몸으로 만난다

무늬를 타고 천천히 멈추는 동물들
두 번째 밤이면 가죽을 씻고 허물을 갠다
뒤돌아보는 몸이 투명해질 때까지
얼굴을 잊은 듯 자신에게서 멀어진다

두 번째 밤이 지나면 동물들은 다시 가죽을 입는다
두 번째 밤이 지날 때마다 조금씩 헐렁해지는 가죽
누구의 것인지 모르고 바뀌기도 한다
누구의 것인지 모르는 흉터가 깊어지기도 한다

들숨 안에서 차가워지는 날숨
날숨 안에서 차가워지는 들숨

가죽의 습성을 충실히 할 시간이다
서로를 알아보지 못한 채
먹이가 된 자신과 마주칠지도 모르고

동물들은 귀를 세운다

다시 두 번째 밤이 올 때까지
동물들은 자신을 쫓으면서 사는 것이다

# 케리그마의 종말, 신이 버린 세계

서동욱(시인·문학평론가)

## 1 토끼, 마임, 레퀴엠

이렇게 고요한 세계도 있는가. 이것은 토끼의 세계이다. 소리를 내지 못하는, 소리 없는 동물의 세계. 쥐 또는 여가수 요제피네만 해도 적어도 직업은 성악이다. 이 시집의 토끼는 그저 침묵할 뿐이다. "귀 없는 토끼"(16쪽)인 까닭에 토끼들은 아예 소리를 모르는 것 같다. 이때 정신의 과제란 무엇인가? "정신은 없는 귀에 순응하는 것이다".(19쪽) 가령 태초에 들렸던 로고스(이 단어의 말뜻 자체가 '소리'이다.)는 이 농아가 된 피조물의 반응 없음에 적응해야 할 것이다. 어떻게?

그러므로 우리는 귀 없는 토끼들 속에서 마임을 한다. 갑

자기 외국인이 되어 버린 피조물들 앞에서 손짓 발짓으로 우주의 원리를 설명하는 신처럼. 이것은 "마임의 방"(56쪽)이다. 이 방에서 우리가 맹인의 지팡이처럼 길 찾기를 위해 의존하는 것은 침묵이다. 침묵에게 더 멀리 가 보라고, 벽이 어디고 복도가 어디인지 알려 달라고 부탁한다. 그러나 신의 표지판이 불타 버린 길들처럼 우리는 미로 속에 있다. "침묵은 더 멀리 들어가고/ 방은 알 수 없이 깊어진다".(56쪽) 침묵이 길 찾기를 도와주지 못하는 것은 이것이 신의 '순수한 숨결(pneuma)'이 들어 있지 않은, 신이 떠난 데서 생겨나는 침묵인 까닭이다. 몸 안을 흘러가면서 호흡과 고동 소리를 전달해야 하는 혈액은 숨결을 담고 있지 않은 까닭에 "들리지 않는 혈액"(34쪽), 즉 침묵 속에 버려진 혈액이다. 적혈구는 수중 생물처럼 숨결을 타고 놀이하지 않고, 이제 낡은 동전에서 흘러내린 철분처럼 몸 안에 가라앉는다.

그러니 들을 귀도 없고 말소리도 없는 마임에만 몰두하는 이 세계의 배후에 놀랍게도, 그리고 당연하게도 하나의 특별한 소리가 지옥의 경계를 관장하는 물처럼 흐른다. 이것은 레퀴엠의 강물이다. "레퀴엠을 듣는 오후에도 의무감이란 게 있습니다".(112쪽) 애도하는 레퀴엠과 더불어 있는 의무란 하나밖에 없지 않은가? 바로 유언을 현실화하는 것이다. 그러니까 이것은 소리 안에 들어 있는 유언적 본성에 관한 이야기다. 또는 레퀴엠의 강물로 고립된 "묘지들의 섬"(28쪽)에 관한 이야기다.

## 2 귓속의 사막

등단 이후 김성대는 깊은 바위 그늘에서 혼자 무엇엔가 몰두하는 속을 모를 물고기처럼 우리에게 자주 모습을 보여 주지 않았다. 그러나 삶에서 정말 중요한 것은 잊힌 시간, 공백, 휴지기라는 듯 그가 이 첫 시집을 통해 갑자기 우리에게 펼쳐 보인 세계는 지구에 추락한 달의 한 조각처럼 매우 새롭고 당혹스러운 것이다. "지상에 닿은 적 없는 안개를 딛고 있는/ 발목들"(70쪽)처럼 느리고 무섭게 적막하며, 때로 비통함 없이 절망적이기도 하고, 소리 없이 맴도는 토끼 무리의 고집스러운 운동처럼 얼마간 공포스럽기도 한 이런 세계를 우리는 가져 본 적이 없는 것 같다.

귀 없는 토끼가 지닌 결함의 치명성이라는 이미지는 가령 틸 슈바이거 같은 사람의 창작력을 자극하기도 했다. 그런데 김성대에게서 귀 없는 토끼는 결함의 상징이 아니라 문자 그대로의 것이다. 정말로 소리가 안 들리는 일이 벌어지는 것이다. 귀가 없기에 "말이 통하지 않아"(26쪽) 그래서 남는 것은 마임 또는 "우리는 우리의 수신호"(이하 고딕체 — 인용자)라는 사실이다. 김성대의 『귀 없는 토끼에 관한 소수 의견』은 우리가 너무나도 자연스럽게 받아들이는 존재함의 조건인 '듣는다'는 일이 사라졌을 때, 즉 우리가 '들음' 없이 삶을 영위하려 했을 때 어떤 일이 벌어지는지 보여 주는 하나의 실험이기도 하다.

그렇다면 도대체 언어를 듣는 일이란 어떤 것인가? 헤겔은 청취한다는 일을 이렇게 설명한다. "언어를 통해 자기는 스스로를 청취하는 동시에 타인에게 청취되기도 하는데, 청취한다는 것은 곧 **존재가 자기가 되는 것이다**."(G. W. F. 헤겔, 임석진 옮김, 『정신현상학』(한길사, 2005), 2권, 216쪽) '존재가 자기가 된다'는 것은 자기 존재가 출현한다는 것, 더 정확히는 자기 스스로 동일화(self-indentify)하여 자기 존재의 정체성을 확보한다는 뜻이다. 그런데 헤겔은 그것이 바로 '말을 하고 스스로 청취하는 일'을 통해 이루어진다고 말한다. 어떻게 그런가? 주체는 말을 하고 그 말을 또 듣는다. 말한 것을 귀로 듣는 일은 말한 것과 들은 것을 동일시하는 것, 즉 하나의 정체성을 수립하는 일이다. 이는 말해진 내용을 들은 바와 동일하다고 '해석'하는 해석학적 작업이기도 하다. 그리고 무엇보다 이것은 궁극적으로, 의식이 '나는 나다'라는 발화적 형태 속에서 자기 정체성을 확립하는 작업이 아닌가? 내가 말한 것과 듣는 것이 동일하지 않다면 자기 존재의 동일성 확립은 불가능할 것이니까 말이다.

이렇게 말한 바를 그 말한 바대로 들음으로써 정체성(동일성)을 확립하는 일을 레비나스는 '케리그마(kerygma)'라는 용어를 통해 부른다. "동일화는 케리그마적이다. …… 그것은 이것을 저것으로서 선포하고 바친다."(E. Levinas, *Autrement qu'être ou au-delà de l'essence*(La haye: Martinus Nijhoff, 1974), 45쪽) 케리그마란 무엇인가? 오늘날 이 말은 다양하게 사용되지만, 기독교에서 자기에게 위탁된 메시지를 권위와 더불어 선포하는 것이 케리그마의 원래 뜻이다. 즉 자기에게 말해진 신적 메시지를, '그것은 ~이다'라고 선포함으로써 그 메시지를 해석하고 거기에 정체성을 부여하는 일이다. 그런데 이러한 케리그마는 자기가 말한 것을 자기가 그 말한 바와 동일하게 알아듣는 언어 행위 안에서 늘상 이루어지는 일이며, 또 이런 언어 행위를 통해 우리의 의식은 '나는 나다'라는 동일화, 정체성의 수립을 이루는 것이다.

김성대의 귀 없는 토끼의 세계는 이 케리그마가 종말을 고한 세계이다. 소리를 발음하고 그것을 발음한 대로 알아들음으로써 정체성을 확립하는 주체의 대척지에서 토끼는 "몸에서 소리가 사라진 흉상처럼"(41쪽) 서 있다. "증발하는 귀에서 누구의 것도 아닌 감정이 창궐했다".(35쪽) 증발하는 귀, 즉 더 이상 역할을 하지 못하는 귀는 자기 말소리를 들음으로써 정체성을 지닌 자기감정을 확립하지 못하고, "누구의 것도 아닌", 익명의 감정 속에서 방황할 뿐이다. 자기 소리를 듣지 못하는 귀, 자기가 누구인지 알지 못하는 귀가 있다.

들리지 않는 꿈처럼
귀 안으로 사막을 옮기는
무음의 그림자

—「태내적 귀」에서

귓속에 가득 차 있는 것은 "들리지 않는 꿈", "무음", "사막"에 불과한 것이다. 귀 안으로 들어선 이 "사막"이 다른 곳에서는 "귀가 마르는 말들"(28쪽) 또는 "귀는 말라 가고 우는토끼"(18쪽)로 표현되기도 한다.

> 입속에서 불완전 연소하는 말들
> 알타이, 우리는 배울 수 없는 것을 배우고 있어
>
> ──「애완의 시절」에서

언어의 완전한 연소란 무엇인가? 무엇보다도 그것은 말한 것이 자기 자신의 귀에 완벽하게 들어오는 것, 즉 입으로 나온 것이 귀를 통해 완전하게 해석되는 것이다. 입으로 나와서 귀에서 완전하게 연소하는 소리만이 정확한 발음, 억양, 의미를, 요컨대 언어를 구현할 수 있는 것이다.(입에서 나온 것이 귀에서 완벽하게 해석되지 않아 정체성(동일성)을 획득하지 못하는 귀머거리의 불완전한 말을 생각해 보라.) 김성대의 세계는, '발화된 것이 청취를 통해 자신에게 귀화하는 동일화'에 의해 자기의식을 수립하는 케리그마적 구조가 붕괴된 세계, 말을 "배울 수 없는" 세계이다. 발화된 것이 들음을 통해 정체성을 확보하기보다는, 읽으면(발화하면) 발화된 문장은 정체성의 틀을 벗어난 어느 다른 곳에 가 있다.("읽을 때마다 다른 곳에 있는 문장들"(98쪽))

오히려 자기 존재라는 정체성을 확인하는 언명 대신에,

정체를 알 수 없는 자의 도래에 대한 당혹스러운 정서가 등장한다. "아무리 천천히 와도 그가 누구인지 알 수 없었고"(15쪽) 또 "그는 한 사람이 아닐지도"(14쪽)라는 정체에 대한 의혹이 고개를 쳐든다. "그것이 몇 마리인지는 세어 보지 않도록 하자/ 우리가 느는지 주는지 말할 수 없다고 해 두자".(22쪽) 그러니 도대체 "우리는 몇 마리일까"?(47쪽)

이것은 정체성이 없는, '익명적 다수'의 세계다.


## 3 신이 말하지 않는 세계

그런데 말을 하고 그것을 말한 대로 들음으로써(또는 해석함으로써) 동일성(정체성)을 획득하는 일이 왜 중요한가? 또는 그러한 케리그마적인 의식의 작업이 종말을 고한다는 것은 무엇을 뜻하는가?

우리가 들을 수 있는 가장 순수한 말을 생각해 보자. 사실 일상적인 말은 의미를 '직접' 귀에 실어 나르기보다는 일종의 불순물 또는 이질적인 것을 불가피하게 경유한다. 예컨대 말소리 자체에 속하지 않는 공기라는 매질, 의미로도 소리로도 환원되지 않는 소리의 '분절(articulatio)' 같은 것 말이다. 따라서 가장 순수한 말소리는 소리에 의존한 발화 같은 세속적 말소리가 아니라, 내면의 소리이다. 내면에서 나온 순수한 소리를 들음으로써 우리는 자기 존재의

정체성을 확립한다. 내면에서 소리가 울려 퍼지고 귀가 그
것의 의미를 확정하여 자신의 존재의 정체를 수립하는 것
이다. 이런 작업만큼 존재의 '참된' 정체성을 얻게 해 주는
것이 있겠는가? 아마도 내면의 순수한 소리는 창조된 형태
의 존재 그대로에 대한 기술일 것이며, 따라서 내면의 소리
로부터 우리의 존재함이 어떤 것인지 알아듣는 일은 신의
목소리를 듣는 일과 같다. 이는 헤겔이 양심을, 내면에서
자기의 존재함을 규정하는 말로 울려 퍼지는 신의 목소리
를 알아듣는 소질로 이해했을 때 잘 간파하고 있었던 바이
다. "양심은 직접지에서 우러나는 내면의 소리를 신의 목소
리로 알아듣는 도덕적 천분의 소유자로서, 이 직접적인 지에 그
대로 존재가 곁들여져 있음을 알고 있으므로 개념에 생명을
불어넣는 신적인 창조의 주인공이다. 그런가 하면 또 양심
을 지닌다는 것은 자기 내면에서 신에게 봉사하는 것으로
서, 이러한 행동은 곧 자기 자신의 신성을 직관하는 것이기
도 하다."(헤겔, 앞의 책, 218쪽) 카를 슈미트 역시 저 헤겔이
놓여 있는 서구 형이상학의 전통에 따라 내면의 소리를 듣
는 일을 신의 목소리를 듣는 일, 또는 신의 목소리에 따라
자신의 존재를 규정하는 일로 이해했다. "침묵하면서 우리
들은 기억한다. 자기 자신을, 또한 우리들이 신에서 유래한
다는 것을."(카를 슈미트, 김효전 옮김, 「구원은 옥중에서」, 『유
럽 법학의 상태』(교육과학사, 1990), 152쪽 ─ 번역 수정) 신의
목소리는, 공기 중에 사는 인간의 발화처럼 공기라는 불순

물에 매개되는 것도 아니고 분절이라는 이질적인 요소에 매개되는 것도 아니므로 침묵 자체이며, 이 침묵으로부터 우리는 우리 존재의 정체성을 알아듣는다. 침묵에서 신적 소리가 나오고 침묵 속에서 귀가 그 소리의 정체를 확정한다. 내면에서 이루어지는 이 발화와 청취(자기 내면에서 말하고 자기 내면에서 듣는 일)를 데리다는 후설에 입각해 "자기 관계의 절대적 침묵"(J. Derrida, *La voix et le phénomène*(Paris: PUF, 1967), 77쪽)이라 표현하기도 했다. 그 침묵 속에서 우리는 신의 규정대로 존재하는 자, 바로 신에게서 유래하는 자인 것이다.

김성대에게도 침묵이 있다. 그러나 이것은 신적 목소리가 울려 퍼지는 침묵과 반대로, 목소리의 죽음을 선고하는 침묵이다. "그것이 목소리를 갖게 하지 않으려 침묵해야 했다".(40쪽) 내면의 소리가 권위를 가지고 울려 퍼지기 때문에 그 소리와 이질적인 세속의 모든 잡음이 사라져 침묵이 도래하는 것이 아니다. 귀머거리처럼 신의 목소리를 들을 수 없기 때문에 이제 침묵이 찾아온다. 신의 목소리가 없으므로 우리는 우리가 신으로부터 유래했다는 사상을 도저히 넘볼 수 없으며, 신의 목소리가 우리 존재를 규정해 주지 않기에, 삶은 깨진 달걀처럼 존재 너머의 정체가 없는 익명의 바닥으로 흘러내린다. 우리는 신이 버린 세계로 떨어지는 것이다. 이 시집의 가장 뛰어난 시편 가운데 하나인 「우주선의 추억」이 그런 세계를 담담하게 응시하고 있다.

인간이 불필요한 지구에서
너무 늦게 남은 우리는
신의 망설임을 느낀다

—「우주선의 추억」에서


신은 내면의 소리를 통해 분명하게 말하기보다는 망설인다. 그것은 우리 존재를 붙잡고 있는 손의 망설임이기도 하다. 이젠 놓아 버릴까? 신의 목소리가 떠난 세계는 그야말로 그 목소리를 알아듣고서 우리의 존재에 대한 규정을 해석해 내는 귀가 부재하는 세계이며, 따라서 신이 부여한 존재의 정체성이 사라진 세계이다. 그 정체성의 상실은 어떻게 나타나는가? 일단 인간이 직립 보행을 버리고 네발로 걷기 시작한다. "우리는 가물거리는 등불 아래를/ 네발로 걷는 인간을 보았다".(25쪽) 그리고 계절들이 사라진다. "어느 계절일지 알 수 없는…… 열대의 눈이 내리고 있네…고요한 결빙". 무엇보다도 태초의 말씀이 뭍으로부터 갈라놓은 바다의 경계가 무너진다. "여기가 바다였다는 걸… 알기나 할까". 이것은 신이 말해도 소용없는 귀 없는 토끼가 득실대는 세계, 그러니까 신이 버릴 수밖에 없는 세계이다. 우리 존재를 규정하는, 따라서 우리 존재에게 생명을 주는 말소리가 들리지 않는 귀머거리의 죽은 세계, 레퀴엠의 세계이다. 이런 점에서 김성대가 귀의 소멸과 레퀴엠을 엮어 놓고 있는 다음 구절은 의미심장하다. "(……) 귀를 자르는/

내일의/ 신생의/ 레퀴엠".(95쪽) 귀머거리 토끼가 득실대며 신의 목소리가 침묵한 세계를 대변할 수 있는 유일한 소리란 세상의 종말에 관한 레퀴엠밖에 없는 것이다. 그것은 더 이상 말할 수 없는 죽은 이를, 역설적이게도 하나의 말소리가, 즉 유언이 대변하는 것과도 같다.


## 4 "생애"를 먹이기

이것은 실패한 세계인가? 아마 그렇지 않을 것이다. 이것은 귀 없는 자들을 위하며, 신의 목소리를 대신하는 마임의 세계이다. 마임의 기본 가운데 하나는 언어를 사용하지 않는 것, 소리에 빚지지 않는 것이다. 소리가 무용지물이 되었을 때 우리는 '수신호'를 보낸다. 귀 없는 토끼 떼의 "빙빙 돌아야"(13쪽) 하는 저 공허한 회전, 인간이 불필요해진 지구의 위로받을 수 없는 적막감은 바로 이 마임의 세계의 필연성으로 우리를 몰아넣기 위한 김성대 시의 미로들이 아닌가?

우리는 언제 장난이나 오락으로서가 아니라, 절실한 필연성을 가지고 마임을 하는가? 바로 외국인들 앞에서이다. 이 국면에서 김성대 시의 '정치성'이 찾아진다. 이것은 내면에서 신적인 목소리가 들려오지 않는 신이 버린 세계, 귀 없는 자들의 우울한 지구이다. 그러나 더 이상 내면의 순수한 목소리가 없으므로, 순수성의 신화에 의존하는 온갖 위계적 정체성, 즉 전범이 되는 언어의 순수한 활용과 피부색의 순수성 등등이 사라진다. 그리하여 순수한 내면의 목소리가 사라진 곳에는, 규정과 모범의 역할을 수행할 수 있는 말의 법, 즉 문법 대신에 화용론만이 접근할 수 있는, 경험 속에 흩어진 파편적인 언어, 바로 마임이 등장하는 것이다. 정체성 없는 이 파편적인 세계를 가리키는 현대적 개념이 바로 '소수성'이며, 김성대가 "귀 없는 토끼에 관한 소수 의견"(16쪽)이란 표현 속에 담아내고 있는 바이다. 말소리의 소멸과 마임의 필연성이 증명되는 곳, 태생적으로 귀가 없는 자들끼리 만나는 곳, 그것이 바로 '소수자(un peuple mineur)', 이주해 온 외국인들의 세계 아닌가?

김성대 시의 화자는 외국인들의 일상적 생활 속에 묻혀 있다.

> 동남아의 소년들은 왜 내게 형제라고 하는지
> 애들아, 나도 밥은 차릴 줄 몰라
>
> ——「사자와 형제들」에서

이 외국인들은 정말 시적 화자의 일상 속에 불알친구들처럼 함께 들어 있다. *"큰 불알 작은 불알 큰 불알 작은 불알/ 마음은 됐고 몸은 함께해".*(21쪽) 그들과는 마음이 아니라 몸을 함께하는 일이 중요하다. 마음 안에서 울려 퍼

지고 내밀하게 내 귀가 듣던 목소리는 종말을 고한 까닭이
다. 말을 못 알아듣는 자들 사이에선 몸과 몸이 함께하는
것, 바로 마임이 관계의 중심이다. 목소리도 귀도 필요 없
는 이 세계에서 몸짓과 발짓으로 분주한 김성대의 마임은
외국인들에게 무엇을 건네주는가? 그것은 혹시, 생명을 건
네주는 일이 아닌가? 신의 목소리를 듣지 못하는 귀머거
리 세계에서도 생명을, 또는 "생애"를 건네는 수신호가 있
을 수 있는가? 마임처럼 움직이는 시인의 시는 우리를 깜
짝 놀라게 하며 이렇게 고개를 끄덕거린다.

> 얘들아, 함께 도시락을 싸자
>
> (⋯⋯)
>
> 형제들에게 생애라는 먹이를 주자
>
> ──「사자와 형제들」에서

삶은 도시락을 건네는 마임, 이 마임을 통해 사람을 형
제로 삼고 그의 생애를 보호하는 요술이다.

김성대

1972년 강원도 인제에서 태어났다.
한양대 국문과를 졸업하고 동 대학원에서 석사학위를 받았다.
2005년《창작과비평》신인상으로 등단했으며 제29회〈김수영 문학상〉을 수상했다.

귀 없는 토끼에 관한 소수 의견

1판 1쇄 찍음 · 2010년 12월  8일
1판 1쇄 펴냄 · 2010년 12월 17일

지은이 · 김성대
발행인 · 박근섭, 박상준
편집인 · 장은수
펴낸곳 · ㈜민음사

출판 등록 1966. 5. 19. 제16-490호
서울시 강남구 신사동 506번지 강남출판문화센터 5층 (우)135-887
대표전화 515-2000 / 팩시밀리 515-2007
www.minumsa.com

ISBN 978-89-374-0787-1  (03810)

❖ 이 책은 2008년도 한국문화예술위원회의 문예진흥기금을 받았습니다.